Côté Jardin
Côté Courts

De la même autrice :

<u>Roman</u> :

Octobre en juin – BoD éditions – 2018

<u>Nouvelles</u> :

L'improbable cas Anselme Belgarde
in « Jour de pluie » – recueil de nouvelles – Auteurs Indépendants du Grand Ouest – 2018

Itinéraire bis
in « Les nouvelles de l'été » – éditions du Saule – 2018

Céline POULLAIN

Côté Jardin
Côté Courts

Poèmes et textes courts

© 2019 Céline POULLAIN

Éditeur : BoD – Books on Demand
12/14 rond-point des Champs Elysées
75008 Paris
Imprimé par BoD – Books on Demand, Norderstedt – Allemagne

Crédits photos couverture :
Agnieszka, Christian Wöhrl, Florence Poullain

Crédits illustrations :
Mayeule Rousseau - www.bymayside.fr
sauf page 45 : Hannah Edgman

ISBN : 978-2-3221-3137-2
Dépôt légal : septembre 2019

Le code de la propriété intellectuelle interdit les copies ou reproductions destinées à une utilisation collective. Toute représentation ou reproduction intégrale ou partielle faite par quelque procédé que ce soit, sans le consentement de l'Auteur ou de ses ayants cause, est illicite et constitue une contrefaçon sanctionnée par les articles L.335-2 et suivants du Code de la propriété intellectuelle.

« *Il vaut peut-être mieux écrire
des grandes choses sur des petits sujets
que des petites choses sur des grands sujets* »

Philippe Delerm

Chocolat

Doucement, lentement même, passer son index le long du contour du saladier.

Regarder cette pâte napper la peau. La contempler glisser en un filet marron vers le saladier-source.

Sourire. Un peu.

Déposer ce mélange sur la langue. Doucement encore.

Laisser éclater les saveurs, le sucré qui emplit la bouche, puis le goût du chocolat et enfin celui des œufs.

Juste ce qu'il faut.

Fermer les yeux de plaisir. Laisser tout s'effacer.

Se retrouver dans une cuisine au cœur d'un autre petit village, des années en arrière, près d'une vieille dame en tablier bleu.

Savourer. Encore.

Non, encore un peu. Ouvrir les yeux. Et recommencer.

Une fois, deux fois. À l'infini.

Affirmer haut et fort que la machine à remonter le temps existe ! C'est une pâte à gâteau au chocolat.

Cœur salé

J'écris ma vie peu à peu
Au gré de mes pas futiles
Une ombre, un brin de Ricil,
Une fleur dans les cheveux

J'écris ma vie peu à peu
J'esquive tous vos missiles
Sans jamais de pas dociles
Je fais bois de tous feux

Je guide mes pas
Mes pas de Bretonne
De Bretonne au cœur salé

J'écris ma vie peu à peu
Au gré de mes pas graciles
Doucement je me faufile
Et m'estompe dans le jeu

J'écris ma vie peu à peu
Au gré de mes pas fragiles
Je déjoue les pièges subtils
Et les écueils facétieux

Je guide mes pas
Mes pas de Bretonne
De Bretonne au cœur salé

St Petersbourg

Je m'étais rêvé d'autres lendemains
Je dormais tranquille quand soudain
ta voix au lointain dans la nuit
a bouleversé mon accalmie

Tu poses des ronds sur tes a
les mots qui me viennent pour toi
sont du bonheur et de la vie
sont du bonheur et de la vie

Des moments de tendresse intense
l'émoi plus fort qu'on ne le pense
doucement à mon oreille
tu souffles « *Jag älskar dig* »

Avec toi, mon amour
Je me sens vagabonde
Saluer St Petersbourg
puis le reste du monde

Je m'étais rêvé d'autres lendemains
je dormais tranquille quand soudain
ta voix au lointain dans la nuit
a étouffé notre embellie

Tu mets des ronds sur tes a
et puis les points sur les i
j'ai mis le temps, j'ai compris
j'ai mis le temps, j'ai compris

Bien sûr, il y aura d'autres hommes,
et puis un jour, il y aura l'homme,
mais personne à mon oreille
pour dire "*Jag älskar dig*"

Avec toi mon amour
j'étais vagabonde
Vivre St Petersbourg
puis le reste du monde

La séparation

Et voilà, c'est fait. Propre. Nettoyée de l'intérieur. Toute pimpante comme lors de notre rencontre.

Tu te souviens ? La première fois, j'avais ma petite avec moi. Une personne nous a présentées. J'ai bien aimé. Je n'étais pas sûre de moi, c'était une période un peu trouble, alors j'ai décidé de prendre du temps. Quelques jours seulement. J'ai parlé de toi à mes autres enfants. Nous sommes venus te voir à nouveau. Un samedi matin ! Quel samedi ! Quel week-end !

Toi, tu étais un peu à l'étroit, parée de blanc et de marine. Mais malgré ton âge avancé, malgré tes défauts, j'ai craqué.

Oh, je me doutais qu'il ne s'agirait pas de l'histoire du reste de ma vie, mais j'ai vraiment aimé ce bout de chemin que j'ai fait avec toi.

Il faut dire qu'on en a vécu des histoires ensemble. Du quotidien, des semaines calmes et paisibles, d'autres agitées, des moments de bonheur, des instants de désespoir, des amis, des amants, des amours.

Un an et demi seulement, et pourtant, l'impression de toute une vie. Et là, tout à l'heure, en te nettoyant de fond en comble, tout est revenu. D'un coup. Les joies nombreuses que j'ai vécues avec toi ! Les endroits de mes larmes aussi.

Ce n'est pas de la nostalgie. Pas de la tristesse. Juste de la tendresse.

Te souviendras-tu de ces moments de musique ? De ces rencontres, de cette vie ? Te souviendras-tu que j'ai habité en ton sein ? Garderas-tu en mémoire qu'un jour une femme un peu loufoque a transformé ton salon en salle de concert ? Te rends-tu compte ? J'ai fait tenir 25 personnes et une mini scène dans tes 30 m² de rez-de-chaussée !

Et tu as vu aussi mes premiers pas en tant que « chanteuse » ! Quel trac ! Trac, et plaisir ! Les larmes de certains amis et les sourires des autres. Des sourires bienveillants. De l'amitié, de l'amour.

Tu as également été le témoin privilégié de mes premières notes de guitare. Mes premiers accords, ma première tablature déchiffrée. Mes premières excuses pour ne pas travailler.

Tu as assisté à mes premières tentatives de vidéo. Et même ce truc un peu fou que j'ai adoré faire avec ma copine Sam : le clip pour une chanson qui me tenait à cœur. Encore une très belle chose vécue à tes côtés ! Sauras-tu raconter toutes ces tranches de vie à ceux qui me succèderont ?

Je pars aussi avec le goût de tes cerises. Ah ces cerises ! Belles, grosses, noires, juteuses ! Quel délice !

Elles vont me manquer assurément, ainsi que ton lilas blanc. J'aime particulièrement cette fleur. Le lilas.

Mercredi, dans deux jours, je n'aurai plus les clefs. Je ne serai plus chez moi. D'autres viendront, d'autres vivront de belles histoires. J'en suis certaine.

À moins que l'on te rase. Ça me peinerait, vraiment. Mais je ne peux rien y faire. Je pars.

Il me reste de toi des souvenirs et ces bouquets de fleurs que les enfants ont faits cet après-midi ! Je suis prête à larguer les amarres maintenant.

Je tenais juste à te remercier. Juste à t'envoyer ces quelques mots que tu ne liras jamais. Tu as été présente à un moment clef de mon existence. Une sorte de charnière entre mon ancienne et ma nouvelle vie. Elle va se poursuivre loin de toi. Elle sera belle, riche et pleine. Probablement avec ses moments douloureux aussi. Mais j'ai retrouvé toutes mes facultés, tout mon entrain, ma joie de vivre, mon enthousiasme. Je suis prête à exister, à aimer, à foncer.

Je te laisse.

Merci et bonne route à toi, jolie petite maison !

Blanche

Des voiles doucement tourbillonnent
Autour de tout son être
Un halo semble naître
Mes songes s'en étonnent

Son visage sans hâle
Un doux sourire sur ses lèvres pâles
Elle ne marche plus, elle danse
Au-dessus du sol, elle avance

Elle traverse les temps et les âges
Sans en subir l'irréparable outrage
Elle chemine calmement
Ses cheveux flottent dans le vent

J'ai reçu en ultime espoir
Son dernier souffle de vie
Que je garde précieusement blotti
Contre mon cœur en ciboire

C'est une force de vie
Elle m'a offert sa mort
C'est une céleste aurore
Je lui offre l'infini

Elle traverse les temps et les âges
Sans en subir l'irréparable outrage
Je suis la seule qui l'ai vue
Depuis que son cœur s'est tu

Divins mortels

Dans ce train qui m'entraîne au loin
Tu n'es pas là
Et je m'échappe sans témoin
Tu ne viens pas

Au-delà de tes paupières closes
Je sens ton cœur
Mais je roule vers ce grandiose
Chant de bonheur !

De loin, j'effleure un baiser
Qui viendra se loger
Sur tes mots
Puis se poser sur ta peau

Je n'oublierai pas
Que lorsque tu es divin
Je suis… hummm
Mortelle !

Ton sourire contre un rien de moi
Comme un défi
Chacun son tour, guetteur et proie
Chat et souris

Je t'offre un simple message
Poudré de frime
Et même si ce n'est pas très sage
Avec toi, je rime

Trop loin, j'effleure un baiser
Qui viendra se loger
Sur tes mots
Puis se poser sur ta peau

Tu te souviendras
Que lorsque je suis divine
Tu es… hummm
Mortel !

Dans ce train qui m'entraîne là-bas
Tu n'es pas là
Ne le regretteras-tu pas ?
Un peu, je crois

Nougarmstromg

C'était l'été entre la 5ème et la 4ème. Je devais avoir 12-13 ans. J'étais seule à la maison. J'avais eu la riche idée, une semaine avant les grandes vacances, de me briser le tibia ou le péroné, je ne sais plus, à moins que cela ne soit les deux… Bref, un plâtre m'ornait la jambe. Et du vrai plâtre, pas les trucs en résine de maintenant, un truc bien lourd et qui s'effrite à la moindre occasion…

Tout le monde avait signé dessus, tous mes amis, ma famille, mes parents, j'avoue avoir été un peu choyée cet été-là. Mais qu'est-ce que j'ai pu m'ennuyer ! Je n'avais pas le droit – ou presque – de poser le pied à terre. Il faut dire que je ne m'étais pas loupée ! Lorsque je me suis relevée de cette chute dans la cour du collège, mon pied formait un angle droit presque parfait avec ma jambe, mais pas dans le bon sens ! Il a fallu remettre tout cela en place et garder la jambe dans le plâtre tout l'été ! Tu parles d'un été d'ado, toi !

Mais bon, j'ai survécu… et surtout, surtout, ce soir-là, j'ai fait une rencontre que je ne suis pas près d'oublier !

Ma sœur ainée était partie au cinéma puis en boîte avec quelques-uns de ses amis. Je les aurais bien suivis. Mais qu'avais-je à espérer ? J'étais la petite sœur clouée à mon fauteuil par cette excroissance blanche à la jambe... Mon autre sœur n'était pas là non plus. Ma mémoire a oublié où elle était, sans doute chez une amie ou dans la famille en vacances. Et mes parents étaient sortis ensemble, l'une des dernières sorties communes avant leur divorce. Mais bref, toujours est-il que je me suis retrouvée seule dans cette grande maison, sans pouvoir vraiment bouger de mon siège, avec pour seule compagnie la télé... sans télécommande.

Je regarde donc l'une des trois chaînes qui sévissaient à cette époque, et n'ayant pas envie de me coucher tout de suite, décide de poursuivre les programmes après la première partie de soirée. « Je suis seule ? Qu'à cela ne tienne ! Je me coucherai tard moi aussi ! »

Sauf que cette seconde partie de soirée s'annonce d'un coup comme... démoralisante. Je suis plantée sur ce fauteuil, la télé à l'autre bout de la pièce, et cette maudite speakerine m'annonce la diffusion d'un concert de... Nougaro ! Horreur !

Je ne connais pas ce type, mes parents n'ont pas de disque de lui. Je connais de nom, bien sûr, et de visage. À l'arrière de l'un de mes vinyles, il y avait une publicité pour l'un de ses albums. Heureusement que les designers de pochettes ont fait des progrès... une photo de lui, pas forcément avenante d'ailleurs... et le reste dans une espèce de marron ocre très laid... sans doute, les gens qui avaient travaillé sur cette pochette avaient-ils pensé que seul son nom suffirait à attirer les gens vers son disque... et sans doute avaient-ils eu raison... Bref, je m'égare...

Je me dis qu'il faut que je me lève pour aller changer de chaîne (*je vous parle d'un temps que les moins de vingt ans ne peuvent pas connaître*[1]...). Mais j'avoue que ce soir-là, j'ai un peu la glu... Le concert commence donc. Je regarde. Je suis intriguée par ce bonhomme qui se déhanche au son d'un Armstrong percutant. Intriguée, oui tout d'abord, et très vite séduite. Par ce que j'entends,

---

[1] Référence à Charles Aznavour « La bohème » - 1965

par ce que je vois. De très beaux textes qui me parlent, de la musique qui swingue et un homme incroyable, à nul autre pareil. Il se donne, ne compte pas, un taureau dans l'arène, oui, mais pas de mise à mort, au contraire, comme une naissance, comme un renouveau. Le concert se termine, je ne sais absolument pas combien de temps cela a duré, peu importe, je suis littéralement scotchée. Je ne le savais pas quelques heures plus tôt, mais ce soir-là a changé un peu ma perception ; j'avais simplement rendez-vous avec la musique !

Nous sommes nombreux à regretter de ne pas l'avoir vu sur scène. Mais l'autre jour, dans mon petit salon, un artiste venu chanter pour quelques amis, a entonné *Armstrong*. Pas une pâle copie de Nougaro, non, une version bien à lui. Je ne lui ai pas dit à quel point j'ai été touchée par son interprétation, je ne l'ai vraiment dit à personne d'ailleurs, il me faut du temps parfois pour dire les choses, mais lorsque j'ai entendu les premières notes, je me suis retrouvée, trente ans en arrière, émerveillée, une petite madeleine dans le cœur !

Ce jour-là

Et si ce jour-là
offrant au trépas
mon dernier soupir
et mes souvenirs…

Et si ce jour-là
l'abîme avait cru
à mon appel dru
ainsi qu'à ma voix

Je ne saurais pas
combien il est doux
d'embrasser ton cou
blottie dans tes bras

Je ne saurais pas
combien il est bon
l'esprit vagabond
là, tout contre toi

Mais la mort m'a rejetée
Elle n'a pas voulu s'encombrer
D'une fille si pleine de vie
Qui aurait semé l'anarchie
Auprès des démons et des anges
Au lieu de chanter des louanges

Et si ce jour-là
J'avais écouté
Les gens me chanter
Qu'il ne fallait pas

Et si ce jour-là
L'espoir m'avait fuie
Et avait grandi
dans mon cœur, l'effroi

Je ne saurais pas
que j'aime tant rire
près de toi dormir
dans des draps de soie

Je ne saurais pas
Que j'aime embrasser
Et me délecter
De ta peau sur moi

Mais la mort m'a rejetée
Elle n'a pas voulu s'encombrer
D'une fille si pleine de vie
Qui aurait semé l'anarchie
Auprès des démons et des anges
Au lieu de chanter des louanges

Et si ce jour-là,
…
Mais tu as raison,
Reste près de moi !

Rolling Stones

« *Je crois bien que j'aime les Rolling Stones* »

C'est une phrase murmurée, comme un secret, comme un péché avoué, sous un préau de cour d'école. Une phrase qui a fait que mon univers a basculé. Définitivement.

Je devais être en CP, donc 6 ans environ. Ma sœur aînée était en CM2. Une grande. 10 ans au bas mot ! Milieu des années 70. La préhistoire.

Notre univers était propret. À cette époque, à la télévision, sur les seules trois chaînes, Guy Lux, Les Carpentiers, Michel Drucker et Jacques Martin nous diffusaient les Dave, Sheila, Claude François, Dalida. Des gens bien sous tous rapports – du moins, étaient-ils présentés de la sorte –, des gens en strass et paillettes, des musiques avec des paroles qui ne choquaient pas. Un monde aseptisé !

J'étais dans la cour d'école. Une vraie, avec des tilleuls plantés, leurs troncs couverts de traces de craies, souvenirs de l'élève qui avait eu le privilège de venir taper contre un arbre la brosse en feutre qui servait à effacer le tableau. Je me rappelle le bois noueux, l'odeur de la craie, ces feuilles vertes, belles et larges, qui nous servaient au printemps à créer des guirlandes, des bijoux et des robes de princesses.

Je me souviens aussi de ce préau, au bout de la cour. Un bâtiment avec une belle charpente, que je présume en chêne, des ardoises en couverture. Refuge qui a été le théâtre de cette confession : « *Je crois bien que j'aime les Rolling Stones* ».

J'ai regardé ma sœur aînée, ma sœur aimée, je n'y croyais pas. Pas elle ! Pas eux ! Dieu n'a pas pu laisser faire ça ! Ma sœur ! Les Rolling Stones ! Ces êtres provocateurs, ces dégénérés !

Notez bien qu'elle y est allée avec douceur « *je crois bien que j'aime les Rolling Stones* », ce n'est pas affirmé, c'est loin de « *J'aime les Rolling Stones* ». Elle pressentait que ça allait me choquer, elle savait que c'était un peu transgresser.

Il y avait aussi la notion de « *c'est plus fort que moi, je n'y peux rien. Je tente de résister mais je crois bien que j'aime les Rolling Stones* ».

Oui, à ce moment, une partie de mon monde s'est effondrée : ma sœur était perdue ! Elle rejoignait les fous, les antisociaux, le Diable en personne !

Je me souviens de cette peur.

Elle a dû le voir dans mes yeux et elle m'a rassurée tout de suite « *mais j'aime toujours Sheila et Cloclo !* »

— Vraiment ? ahhh oufff ! Elle n'était peut-être pas totalement perdue !

C'est drôle comme certains moments restent à jamais gravés dans notre mémoire. Celui-là en est un. Un fort. Il ressort aujourd'hui, sans doute parce que je suis en train de lire *Life* de Keith Richard.

Depuis ce petit préau d'école, j'ai fait aussi du chemin, des découvertes, musicales entre autres. Aujourd'hui, ma sœur, je peux te l'avouer également : « *Je crois bien que j'aime les Rolling Stones* » !

Le sourire de Gwenmao

Ses traits sont concentrés
Son visage presque hermétique
Son esprit est libre et rythmé
Il s'évade par sa musique

Vous croisez son regard
Et Gwenmao vous sourit un soir
Cela ne dure pas très longtemps
Un monde vient de s'ouvrir pourtant

C'est un sourire qui vous enlace
Et qui s'offre l'audace
De vous fredonner tout bas
« Tout est bien, je suis là »

Ce sourire se veut complice
Il s'élance et partage
Grain de folie et brin de malice
Me ponctuent le voyage

Un sourire à fleur de lèvres
Qui se pose au bord de l'âme
Un sourire en arc-en-ciel
Tons pastel en filigrane

Un instant au creux de moi
Une folle envie de soie
Pour un sourire aussi beau
Que celui de Gwenmao

Un voyage extraordinaire

Ce lundi, je m'étais levée de bonne humeur. C'est souvent le cas mais ce jour-là, je me sentais particulièrement en bonnes dispositions. Ni les bras ballants de mon ado de fille, ni les « *va te laver* » adressés à mon fils, et enfin, ni les réponses ronchonnes de ma petite dernière n'avaient fait vaciller mon état. Je n'aurais jamais imaginé que cette jovialité m'entraînerait dans une aventure aussi rocambolesque. Et pourtant.

Après avoir fait chauffer le café pour mon mari, être allée le réveiller trois fois, embrasser mes enfants, que je trouvais, malgré tous leurs travers, les plus beaux de la Terre, après avoir affronté la pluie diluvienne qui s'abattait résolument sur ma belle campagne, je m'étais retrouvée dans ma voiture, les clefs de contact sur la table du salon ! Cela me fit rire. Il est des jours où le monde est définitivement rose et le reste. Obstinément !

Je m'extrayai donc de mon véhicule, repartis affronter les intempéries, rentrai comme une furie dans la pièce de vie de la maison, récupérai mes clefs, adressai un « *tout va bien* » à ma famille qui me regardait d'un œil hagard, sortis de nouveau sous les bourrasques et atteignis ma voiture :

« *Entrez, dit-elle, et venez vous abriter de l'orage*[2] ». Je souris une nouvelle fois.

Je démarrai enfin. Sortis du terrain détrempé. Engageai la voiture sur la route plus qu'humide. Évitai le chat roux qui tentait de se mettre à l'abri. Et me dirigeai tranquillement vers mon lieu de travail.

Après avoir traversé quelques tronçons de route inondés, échappé à un fou furieux qui refusa de me céder la priorité, la solitude me prit par surprise. Ma main se dirigea automatiquement vers l'autoradio. J'effleurai le bouton *on/off* et un jingle radio me cria dans les oreilles. Un rictus apparut sur le coin de ma bouche.

Non ! Ce n'était pas possible, je ne pouvais pas laisser ma bonne humeur matinale s'envoler aussi nettement par une simple association de bruits qui s'enchaînaient et me martelaient les tympans méchamment. Ma main revint une nouvelle fois automatiquement vers le poste radiophonique. Le disque qui s'y trouvait s'enfonça dans son habitacle.

---

[2] Francis Cabrel - s'abriter de l'orage - 2004

Le bruit cessa. Soulagement. Et soudain, les trois premières notes de guitare de Serge Lopez me rendirent mon joli sourire. Les muscles du dos se détendirent. J'allais pouvoir continuer mon chemin tranquillement. La campagne verte et luxuriante pour ce mois de mai pluvieux continua de défiler à travers des vitres de ma voiture. La journée commençait bien.

Je poussai le volume du son un peu plus avant. La guitare se fit plus présente, la voix de Francis me parvint comme une réponse à ma gaieté du jour, une réponse et sans doute aussi une récompense. Je me mis à chanter avec lui. Doucement d'abord, puis de plus en plus fort. Je montai encore le volume du disque. Je ne voulais pas que ma voix puisse couvrir celle dont j'appréciais le timbre si particulier. Celle de l'artiste se faisait de plus en plus insistante, de plus en plus présente. Nos intonations se mélangèrent parfaitement, j'étais aux anges.

Lorsque soudain, mon panier de repas, mon sac à main, posés sur le siège du passager disparurent de mon champ de vision. Francis apparut près de moi. Il chantait à tue-tête lui aussi ! Je lui fis un sourire, il me le rendit. Nous avons continué de chanter ensemble pendant un bon bout de chemin. Les guitares et la batterie se faisaient de plus en plus intenses elles aussi. Je jetai un œil dans mon rétroviseur, ils étaient tous là, dans ma voiture. Les guitaristes se tenaient sur la banquette arrière, tandis que le batteur s'activait sur son instrument dans le coffre. Je pensai que j'avais bien fait de prendre le break ! Les chansons défilaient et nous avons continué d'unir nos voix aux notes de musique comme si nous pouvions apporter au monde une petite parcelle de notre bonheur collectif et matinal.

Un petit personnage s'agitait dans mon cendrier. Il semblait vouloir me dire quelque chose que je n'entendais pas. Je le posai donc sur mon épaule. Il me dit « *j'ai raté mon transfert, j'ai dû inverser les boutons pour transplaner. Du coup, j'arrive dans ta voiture en modèle réduit.* » Je le regardai, amusée. « *Ce n'est pas grave Michel[3], je vais te mettre sur le tableau de bord, tu vas aussi participer à ce bœuf* ». Je le déposai donc devant moi et lui donnai

---

[3] Michel Françoise – artiste, musicien et réalisateur

sa guitare restée dans le cendrier. Il se joignit à nous pour mon plus grand plaisir.

La route qui me conduisait à mon travail ne m'avait jamais paru si courte et si enchantée. À un moment, les instruments se turent. Tous. Puis, un piano se fit entendre. D'où venait-il ? Je ne saurais le dire. Peu importait. Francis se rapprocha de moi, de plus en plus. Son visage touchait presque ma joue. Il commença à chanter. Seul. Cette fois, je le laissais opérer. « *Mademoiselle l'aventure* »[4] me susurrait Francis à l'oreille. L'émotion était palpable. La sienne. La mienne.

C'est alors que la voiture se stationna sur le parking de mon travail. Je coupai le contact. Francis et sa bande disparurent en un clin d'œil. Il restait sur le siège, près de moi, mon panier et mon sac. Il me semblait que ce dernier était aplati mais je ne pourrais l'affirmer. Un petit éclat de lumière me parvint du tableau de bord. Une Gibson, modèle réduit. Michel s'était sans doute encore trompé dans son transplanage.

---

[4] Chanson dans l'album « *Des Roses et des Orties* » 2008

Je descendis de la voiture le cœur en fête. Le voyage avait été extraordinaire. La journée s'annonçait sous de bons auspices.

Rien n'aurait su altérer ma bonne humeur de ce lundi matin. Je savais que je terminerais mon travail à dix-sept heures. J'eus hâte, j'avais rendez-vous dans ma voiture !

Août brumeux

Mon beau sourire de façade
Cache un cœur plutôt fade
Et j'avance pas à pas
Vers une vie que je n'aime pas

Sans y être invitées
Des larmes roulent sur mes joues
L'hiver s'installe au fond de nous
Tout l'amour s'en est allé…

Funambule

Je marche sur un fil d'argent
Je m'achète une ligne de conduite
Un funambule des sentiments
Dès que possible, je prends la fuite

Il y a la fille de l'horloger, la fille du garagiste,
La petite institutrice, j'en ai toute une liste,
Je ne m'attache pas, je prends du bon temps
Aucun lien, je suis le funambule des sentiments

Et puis il y a cette fille croisée au coin de la rue
Je ne sais pas qui elle est, j'avance sur un fil ténu
Je suis le funambule des sentiments
Pour elle je tombe dans le néant

Je vibre sur une corde d'acier
Une marche lente à pas hésitants
Je suis le funambule des sentiments
J'emprunte les sentiers escarpés

Enfin les lignes troubles de nos mains qui se trouvent
Je louvoie sur ses courbes, ses gestes et ses frissons
Un funambule des sentiments qui s'ouvre
Peu à peu au gré de nos corps à l'unisson

Cette ligne de flottaison qui veille sur ma déraison
Est un tourbillon bouillonnant et incandescent
Mais je devine qu'elle me fait faux bond
Par pointillés, elle s'estompe lentement

Un funambule des sentiments
Sans ce fil, c'est accablant
J'ai l'amour à portée de main
Mais seul, je ne rime à rien

Je guette tous ses mouvements
Elle a rompu ce fil d'argent, l'a arraché d'un coup de dents
Je suis à terre, je l'aime tant

Dear Jack

Dear Jack in the box,

Je suis passée te voir samedi dernier.
Malgré l'adresse précise, j'ai mis du temps à repérer ta dernière demeure.
J'ai demandé le chemin à ton pote Bashung. Il m'a dit « *Prends tout de suite à gauche, dans la petite ruelle* ».
Il faisait jour, j'ai suivi les consignes, Bashung ne ment que la nuit.

Et je t'ai trouvé.
Je suis restée discrète. Tu avais de la visite. Un homme avait déposé son téléphone sur ton ventre. Il te faisait écouter de la musique congolaise.

Intime et festif à la fois !

Nous sommes restés là, l'homme, toi, mon amoureux et moi, un peu hébétés de se retrouver dans un tel endroit.
Ton ami congolais nous a pris pour des Américains ! Il a voulu nous expliquer qui tu étais…

Étonnante rencontre !

Le cœur en larmes, j'ai déposé une plume blanche au cœur de tes tournesols.
Diable que ce lit est trop étroit pour toi, pour ta douce folie, pour ta liberté.

Puis, nous nous sommes perdus dans les méandres des allées de ce Père Lachaise que j'aime tant.
Atmosphère de granit, de lichens, de géants. Jones[5] ou non.
Chemin faisant, nous sommes allés rendre visite à tes cousins d'infortune, « *morts à la guerre ou morts de rien* »[6]. Jim[7] en tête !

Et puis, nous sommes revenus te saluer.
Notre Congolais s'était envolé, ma plume aussi.
L'ambiance avait changé.
Une femme était assise plus loin et regardait ta tombe, incrédule.

---

[5] Référence à la chanson « Geant Jones » in « Alertez les bébés » 1976
[6] Extrait de la chanson « Je suis mort, qui qui dit mieux » in « Jacques – Crabouif – Higelin » 1971
[7] Morrison

Si l'envie de revenir te voir aujourd'hui me prenait, j'y découvrirais une autre ambiance, d'autres *fish people*[8].

Merci pour ces élans de liberté.

Repose dans l'infini du firmament.

Je reviendrai,
Assurément

---

[8] Nom donné au public par Higelin lors de ses concerts à Mogador - 1981

365 jours

Au fond de mon cachot
Leurs bruits rythment ma vie
Chants de guerre, de désert
Pleurs de femmes, cris de rage
Les rires d'enfants, les coups de feu
Me laissent un goût amer
Me donnent le courage
De supporter ce lieu
Je suis lion dans une cage

365 jours
D'individus affairés
De ruptures ou d'unions
De deuils et de naissances
365 jours
Un an de captivité
Pour Pierre et ses compagnons
Coupables d'innocence

Peu importe que l'on me tue
De Dieu je suis l'Élu
Depuis longtemps j'ai compris
Qu'un otage pris au hasard
Est bien plus terrifiant

Que de tuer un dirigeant
Je me bats pour ma fratrie
Nous sommes son étendard
D'un bras de fer arrogant
Nous vaincrons l'Occident

365 jours
D'individus affairés
De ruptures ou d'unions
De deuils et de naissances
365 jours
Un an de captivité
Pour Pierre[9] et ses compagnons
Coupables d'innocence

---

[9] En hommage à Pierre Legrand et aux autres otages d'Arlit entre 2010 et 2013 (écrit en septembre 2011)

Doux souvenir

Ce doux souvenir
Peu à peu s'efface
Cette belle audace
Laissons-la partir

Enfoui l'instant fou
au jardin secret
Ton nom devient trait
Ton visage flou…

Un nouveau monde

D'aussi loin que je m'en souvienne, j'ai toujours vécu dans la plénitude, au chaud et en sécurité. Parfois, le roulis des vagues me berce et je m'endors.

J'apprécie aussi mes voisins. J'aime entendre la femme chanter. Son compagnon me parle gentiment, sa voix grave m'apaise lorsque j'en ai besoin. J'adore cet endroit et la vie que j'y mène.

Seulement, depuis cinq heures, mon univers bascule. Ça ressemble à s'y méprendre à un tremblement de terre. Je suis bringuebalé de toutes parts. Et vas-y que je te tire vers le haut, puis vers le bas. Les parois ne tiennent plus en place.

La voisine n'apprécie pas plus, je l'entends crier. Son homme tente de la rassurer, mais au son de sa voix, je comprends qu'il n'en mène pas large non plus.

Soudain, une percée se dessine. Une lumière vive entre dans mon univers. Une poussée plus forte que les autres m'engage vers cet ailleurs. En sortant, je suis aveuglé. Une douleur violente s'immisce dans mes poumons. Je crie pour évacuer ma souffrance !

« Félicitation, c'est un garçon ! Bienvenue dans ce nouveau monde ! »

Mouton noir

Choisir entre se taire
Et crier sa colère
Choisir entre lutter
Ou tout laisser aller

Laisser la haine monter
L'intolérance gagner
Rallier la Terre promise
Extirper la bêtise

Te changer en mouton
Oublier ton vrai nom
Ou divulguer son fiel
Unir les grains de sel
Bien ajuster ton tir
Dévoiler et agir

Faut-il vraiment choisir ?
Le silence ou rugir
Offrir aux fanatiques
Une place publique
Voilà le choix à faire
Sans aucune répression
Faire la révolution
Plutôt que lion ou loir
Moi, Je suis le mouton noir

Ma façon de lutter :
Plus que tout, transposer

Sans coup de revolver
Mes idées dans les vers
Si ma plume est un charme
Mon encre, elle, est une arme

Faut-il vraiment choisir ?
Le silence ou rugir
Offrir aux fanatiques
Une place publique
Voilà le choix à faire
Sans aucune répression
Faire la révolution
Plutôt que lion ou loir
Je suis le mouton noir

Que reste t-il ?

Il est des souvenirs qui méritent le bûcher, des traces d'un présent déjà passé à ranger aux abonnés absents, des bribes d'instants à laisser partir en fumée…

Il est des moments forts qui marquent un tournant, sans se retourner, avancer et sourire à la vie, la croquer à pleines dents !

À la fameuse question : « *Que reste-t-il de nos amours ?* », ce soir, je peux répondre qu'il ne subsiste qu'un simple petit tas de cendre.

Hauts les cœurs et en avant la musique !

Merci à tous ceux qui ont jalonné mon chemin et
m'ont inspiré ces textes,

Merci à mes lecteurs de la première heure,
Dorota et Patrice en particulier,

Merci à Françoise et à Mélanie pour leur œil acéré,

Merci à Mayeule pour ses superbes coquelicots,

Merci à mes enfants d'être ce qu'ils sont,

Merci à Vincent, encore et infiniment.

Table des matières

Chocolat	9
Cœur salé	11
St Petersbourg	12
La séparation	14
Blanche	19
Divins mortels	20
Nougarmstrong	22
Ce jour-là	27
Rolling Stones	29
Le sourire de Gwenmao	33
Un voyage extraordinaire	34
Août brumeux	41
Funambule	42
Dear Jack	44
365 jours	46
Doux souvenir	48
Un nouveau monde	49
Mouton noir	51
Que reste-t-il ?	53